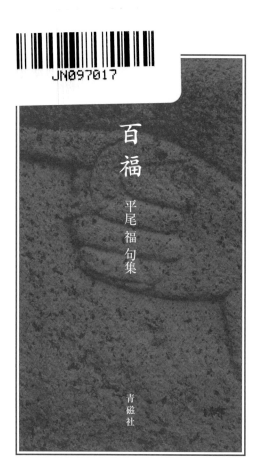

# 百福

平尾福句集

青磁社

# 長生やそろそろ虹にでもなるか

長谷川 櫂

百福＊目次

序句　長谷川櫂　1
Ⅰ　7
Ⅱ　31
Ⅲ　49
Ⅳ　65
Ⅴ　99
あとがき　137
季語索引　138

# 句集

# 百福

# I

（二〇〇三年春〜二〇一〇年冬）

浮んでは何かささやく針魚かな

鶯を待ちわびてゐる障子かな

風鐸を揺らして春の来てをりぬ

淡海は鮒捕るころか實の忌

たんぽぽや子ども従へ犬が行く

次々と子どもも出てくる花の山

父母の分も吉野の花見せん
空行くは役小角か花吹雪

七輪の煙をかはす柳かな

朧より次の朧へ歩み入る

大人にも秘密基地あり春の月

行く春を通天閣に惜しみけり

比良に雪残したるまま田植かな

万緑や蠅が一匹飛んでゆく

思ひ出を捨てしあたりか花茨

蛍に少しおくれて風うごく

草の葉を離れぬ蝶や梅雨に入る

時々は空気抜けたり牛蛙

仏を集めて東博にて仏像展

魂を抜かれて涼し仏たち

時々は妻の団扇のねむるなり

こんにやくの大きな葉つぱ月涼し

蓮見舟蓮の王には近づけず

宇治山の緑そのままかき氷

詩の神を痩せさせまいぞ鰻食ふ

ゴキブリも髭をそよりと夜の秋

雑草の強さたたへん夏終る

東大寺

大仏の魂を抜きお身拭ひ
次々と風現はるる萩の寺

吹かれゐてゐのころ草はうれしさう
みづからの影が気になる蜻蛉かな

雀らも気に入つてゐる案山子かな

白鷺を従へ進む稲刈機

くわりんの実ゆがんだるまま青空に
また道を違へたるらし秋の暮

蜷の子も小春日和を賜りぬ

ふてくされ寝てゐる狐雨の穴

粗々の出世計画おでん酒

風花は南天売りを連れてくる

雪となる何かを思ひ出しかける

雪降れば決めてゐるなり鰊蕎麦

一月六日は父の忌

七草や父なきあとの塩加減

震災当日は寒い日であつた

あたたかき一日となれ阪神忌

雪晴や機嫌上々伊吹山

悴みて影を失してしまひけり

# Ⅱ

（二〇一〇年春〜二〇一五年冬）

あちこちに雪を残して川急ぐ
笑ひつつ先へ先へと春の川

春愁の翼重たき天使かな
デューラー「メランコリア」

燕来る聖母マリアの青空に
平戸

花浴びの亀の背中に亀のぼる

やうやくに杭を離るる花筏

口開けて亀の見上ぐる藤の花

花虻の尻見えてをり花つつじ

東博にて円空展

木を割つて仏取り出す夏の月

青梅雨の龍の棲みゐる硯かな

モノクロの梅雨をただよふ蝶ならん

退屈な水母浮いたり沈んだり

生涯を天道虫として過ごす

昼寝より覚むればもとの金魚かな

月の山心に浮かべ夕涼み
白扇今宵は君が舞ひ給へ

冷し酒人の話も聞きたまへ

大阪へ出張扇子忘るるな

のうぜんの花まみれなり家一つ

桔梗よたまには羽目を外したまへ

飛行機の窓から秋の日のさして
目の覚めてそれから先の夜長かな

徒然草

ものくるる友は良き友柿二つ

花咲きて淋しき蘆となりにけり

秋の街尾を失くしたる人ばかり
押入れの奥から冬がやってくる

十八代目中村勘三郎逝く（享年五十七）

雪女勘三郎を連れ去りぬ

冬ごもり朝からオペラ聴きながら

肩こりの辛さを知らぬ海鼠かな

街の音ふと消えて雪降りはじむ

しみじみと雀ながむる雪の朝
口開けて郵便ポスト春を待つ

# Ⅲ

（二〇一五年春〜二〇一八冬）

宮城県加美町にて酒蔵巡り

白梅や聶肩の蔵の頼もしく

下萌や犬をまた飼ひたいと言ふ

春の嵐馬百頭の行くごとし

みちのくはまだ冷たいぞ花辛夷

白石川堤の一目千本桜

青空の蔵王を囃す桜かな

夕ざくら家を忘れし猫たちと

南宋の詩人招かん柳かな

北上川遡り春行かんとす

毛越寺

春惜しむ龍の頭の舟浮かべ

黄金崎の不老不死温泉は海岸にあり

日の落ちてより次々と卯波来る

岩木山

山々の雪より白し水芭蕉

万緑の一滴ならん青蛙

梅を干す日とぶつかりし句会かな

立石寺

涼しさや天空に浮く五大堂

最後には寝転んで見る花火かな

秋風や象の鼻にも穴二つ

草原を吹き疲れたる野分かな
秋の空大きな耳を澄ましけり

次々と雲を追ひ抜きけふの月

黒猫の尻尾が欲しい夜長かな

丹波栗座禅の好きな和尚かな

白河関

ざくざくと櫟落葉を踏んでゆけ

小春日や金の喇叭を吹くごとく
揺れながら繭玉しんと眠りけり

繭玉のうなづき合うて笑ひけり

仙台に目の覚むるやうな群青の達磨あり

伊達ぶりの青き達磨を飾かな

仙台に福袋ならぬ福茶箱あり、徹夜で並ぶ人あり

初売の茶箱へ並ぶ独り者

左義長や風にあらがひ飛ぶ火の粉

# Ⅳ

（二〇一八年春〜二〇二〇年冬）

職退いて大蛤のごとき日々

永き日の時計の音の降り積もる

春の雨太平洋を濡らしをり

鶯の思はず鳴いて初音かな

鳴きながら眠つてしまふ田螺かな

白杖を突きて

おろおろと花を見に出づ弱法師

目を瞑り花浴びてゐるオットセイ

小惑星

太陽をぐるぐる回る花の塵

四人目の孫誕生

春白き湯気の中から金太郎

孫たちを迎へ撃つべく菖蒲風呂

穀象は米投げ出して逃げて行く

今宵また水鶏の恋を聞かさるる

蟻地獄見て引き返す蟻一つ

翡翠は夏の秘密を知つてゐる

揚羽蝶少年の日を飛びまはる
青葉木菟金の目玉を吾にくれよ

蜘蛛は巣を揺らして遊ぶ朝の雨

白鷺は水の王宮守るごとし

これよりは雨の王国かたつむり

牛蛙を訝しみをり蟇

めまとひに愛されてゐる男かな

蚊柱を立てて聖人歩み来る

行き過ぎて戻り来るらしはたた神
風止んで南部風鈴思案中

籠枕抱へて風をたづね行く

夢の中団扇忘れてきたやうな

時々はハンモックから下りて来よ
すぐに下向いてしまひぬ山の百合

畳み直しできぬ花なり烏瓜

夏の草言葉を覆ふ言葉かな

けさよりは澄みゆく秋よ浅間山
うたた寝や桔梗の花のかたはらに

青ふくべ空にするまで一苦労

水を出てまた白桃に戻りけり

放生の泥鰌永らふ日和かな

親しさに寄り来る秋の蝿一つ

はじめから枯れてゐるなり吾亦紅

大いなる脳となりけり鶏頭花

朝霧の入り来る鬼の栖かな

霧の中吾が身離るる影法師

房総半島台風

名月や停電続く村の上

台風十七号

赤棟蛇大事な穴も水浸し

秋の蜂楽園逐はれ行くごとく

後ろ肢纏れたままの鵙の贄

うかうかと口を開けたる通草かな

また次の嚔待ちゐる目鼻かな

振り返りつつ昏れてゆく小春かな

マンボウの片側づつの日向ぼこ

蟷螂の半分枯れてゐたりけり

山茶花やこちら窺ふ猫の顔

帰り花向かうの世界に帰るらし

凩の吹き散らしたる昴かな

牡蠣といふ荒ぶる海をすすりけり

うらやまし蛇絡み合ひ眠るとは

房総は海苔の香りの雑煮かな

寝正月穴の中から返事して

風花の乾いた町に舞ひにけり

冬木の芽こちらを覗きゐる一つ

時々は死んだふりする海鼠かな

釣糸を垂らして春を待つてゐる

鬼の面はみ出してゐる人の顔
やらはれし鬼は裏から戻りけり

# V

（二〇二〇年春〜二〇二一年冬）

いろいろの命の穴に春の雨
ものの芽のうるさいばかり山路行く

つばくらめ正義の顔をして来たり

鶯や雨の上がるを待ちきれず

鳴きさうな顔をしてゐる亀のあり
吾が村の田螺の声を聴きに来よ

吾が村は亀と田螺の鳴きくらべ

永き日の泥鰌も少し鳴きにけり

はくれんへ抱き上ぐ兄も妹も
桃の花夢の中から折りて帰る

若鮎や抜きつ抜かれつ上りゆく

ヘップバーン《オードリー》白き海芋の花なりき

老木も新樹となりて嬉しさよ
天空の城をたづねんほととぎす

新型コロナ緊急事態宣言

そら豆や距離を保ちて莢の中

恋愛は要にして急牛蛙

白き蝶ばかり飛び交ふ梅雨に入る

五月雨に房総半島浮びけり

紫陽花の前通るとき冷ゆるなり

耳遠きわが耳元へ蚊の寄り来

藪蚊打ち考へ事を終りとす
籠枕仕事の夢を見てしまふ

昼の酒金魚に相手してもらふ

あぢさゐの花の最期の凄まじく

空蟬の肩に力の残りけり

神戸市長田の昔を思ひ出して

町工場路地の奥まで大西日

町工場旋盤回る西日かな

終戦日蠅が一匹来てをりぬ

やうやくに夜の寛ぐ星の秋

旧暦の七夕の日にズーム句会

笑はれて愛されてゐる瓢かな

スーパーに草の匂ひの西瓜かな

叩かれて嫌になりたる西瓜かな

霧の中この世の方へ戻りけり

名月やまだ修繕の済まぬ屋根

自転車のよろよろ走る芋嵐

長生村に虫の供養碑あり

わが村は虫売りの里虫あまた

かつては列車で東京に虫を運んだと

虫売りの籠積まれあり駅ホーム

かまど馬話したきことあるらしく

驚いて口を開けたる石榴かな

団栗を並べたやうに家族かな

どこまでが庭であつたか秋の草

吾もまた落ち行く秋の一つとや

母逝く

白菊に母を埋めてしまひけり

秋晴に母を焼かねばならぬかな

母逝きて句を読み返す夜長かな

母の死やボディブローのやうに秋

神の留守妻も留守なり酒二合

懐のあるがごとくに懐手

雀蜂のごとくにラガー殺到す

次々と大縄飛びに飛び込みぬ

仙台ズーム句会

みちのくのオリオンの歌聴きに来よ

雪の来て蕪漬けるころ母の里

千鳥走る渚に光こぼしつつ
風の出て千鳥をさらふ夜更けかな

松葉蟹前後左右へ歩きけり

外套や今更無頼にはなれず

頭の上の眼鏡をさがす炬燵かな

年忘れするを忘れてゐたりけり

スカラべが転がして来た初日かな

初山河五七五の橇に乗り

七草の薺を笑ふ鈴菜かな

左義長や闇の向うの波の音

木菟の目の奥雪の降り止まず
頭からぶつかつてくる吹雪かな

冬将軍自分も氷つてしまひけり

幾万の怒濤従へ冬将軍

冬怒濤この世の色を失へる

寒卵崩すに惜しき黄身の艶

ここにも一つ春を待つ穴のあり

やらはれし鬼を気遣ふ寒さかな

# あとがき

『百福』は、私の初めての句集です。

新古今和歌集の真名序に「夫和歌者　群徳之祖　百福之宗也」とあるを知り、俳句が百福をもたらすことを願いました。

句集を編むにあたり長谷川櫂先生の御指導を仰ぎ、さらに序句を賜りました。心から感謝申し上げます。

出版の労をおとりいただいた青磁社の永田淳さんに厚くお礼申し上げます。

この句集を、貴重な句友であった亡き父母に捧げます。

二〇二一年六月

平尾　福

# 季語索引

## あ行


青蛙【あおがえる】（夏）
万緑の一滴ならん青蛙　56
青葉木菟【あおばずく】（夏）
青葉木菟金の目玉を吾にくれよ　74
秋【あき】（秋）
秋の街尾を失くしたる人ばかり　45
吾もまた落ち行く秋の一つとや　121
母の死やボディブローのやうに秋　123
秋風【あきかぜ】（秋）
秋風や象の鼻にも穴二つ　58
秋草【あきくさ】（秋）
どこまでが庭であつたか秋の草　121
秋澄む【あきすむ】（秋）
けさよりは澄みゆく秋よ浅間山　82
秋の暮【あきのくれ】（秋）
また道を違へたるらし秋の暮　25
秋の空【あきのそら】（秋）
秋の空大きな耳を澄ましけり　59
秋の蝿【あきのはえ】（秋）
親しさに寄り来る秋の蝿一つ　84
秋の蜂【あきのはち】（秋）
秋の蜂楽園逐はれ行くごとく　88
秋の日【あきのひ】（秋）
飛行機の窓から秋の日のさして　43
秋晴【あきばれ】（秋）
秋晴に母を焼かねばならぬかな　122
通草【あけび】（秋）
うかうかと口を開けたる通草かな　89
紫陽花【あじさい】（夏）
紫陽花の前通るとき冷ゆるなり　110
あぢさゐの花の最期の凄まじく　112

蘆の花【あしのはな】（秋）
花咲きて淋しき蘆となりにけり　44
飴山忌【あめやまき】（春）
淡海は鮒捕るころか實の忌　10
蟻地獄【ありじごく】（夏）
蟻地獄見て引き返す蟻一つ　73
竈馬【いとど】（秋）
かまど馬話したきことあるらしく　119
稲刈【いねかり】（秋）
白鷺を従へ進む稲刈機　24
茨の花【いばらのはな】（夏）
思ひ出を捨てしあたりか花茨　16
鶯【うぐいす】（春）
鶯を待ちわびてゐる障子かな　9
鶯の思はず鳴いて初音かな　68
鶯や雨の上がるを待ちきれず　102
牛蛙【うしがえる】（夏）
時々は空気抜けたり牛蛙　17
恋愛は要にして急牛蛙　108
団扇【うちわ】（夏）
時々は妻の団扇のねむるなり　18
夢の中団扇忘れてきたやうな　79
空蟬【うつせみ】（夏）
空蟬の肩に力の残りけり　113
鰻【うなぎ】（夏）
詩の神を痩せさせまいぞ鰻食ふ　20
卯波【うなみ】（夏）
日の落ちてより次々と卯波来る　55
梅【うめ】（春）
白梅や贔屓の蔵の頼もしく　51
梅干【うめぼし】（夏）
梅を干す日とぶつかりし句会かな　57
狗尾草【えのころぐさ】（秋）
吹かれゐてゑのころ草はうれしさう　23
扇【おうぎ】（夏）
白扇今宵は君が舞ひ給へ　40

大阪へ出張扇子忘るるな　41

落葉【おちば】（冬）
ざくざくと櫟落葉を踏んでゆけ　61

おでん【おでん】（冬）
粗々の出世計画おでん酒　27

鬼やらひ【おにやらい】（冬）
鬼の面はみ出してゐる人の顔　97
やらはれし鬼は裏から戻りけり　97
やらはれし鬼を気遣ふ寒さかな　135

朧【おぼろ】（春）
朧より次の朧へ歩み入る　13

オリオン【おりおん】（冬）
みちのくのオリオンの歌聴きに来よ　126

## か行

蚊【か】（夏）
耳遠きわが耳元へ蚊の寄り来　110
藪蚊打ち考へ事を終りとす　111

海芋【かいう】（夏）
ヘップバーン白き海芋の花なりき　106

外套【がいとう】（冬）
外套や今更無頼にはなれず　128

帰り花【かえりばな】（冬）
帰り花向かうの世界に帰るらし　92

案山子【かがし】（秋）
雀らも気に入つてゐる案山子かな　24

牡蠣【かき】（冬）
牡蠣といふ荒ぶる海をすすりけり　93

柿【かき】（秋）
ものくるる友は良き友柿二つ　44

籠枕【かごまくら】（夏）
籠枕抱へて風をたづね行く　79
籠枕仕事の夢を見てしまふ　111

風花【かざはな】（冬）
風花は南天売りを連れてくる　27
風花の乾いた町に舞ひにけり　95

飾【かざり】（新年）
伊達ぶりの青き達磨を飾かな　63
悴む【かじかむ】（冬）
悴みて影を失してしまひけり　30
蝸牛【かたつむり】（夏）
これよりは雨の王国かたつむり　76
蚊柱【かばしら】（夏）
蚊柱を立てて聖人歩み来る　77
蕪【かぶ】（冬）
雪の来て蕪漬けるころ母の里　126
雷【かみなり】（夏）
行き過ぎて戻り来るらしはたた神　78
神の留守【かみのるす】（冬）
神の留守妻も留守なり酒二合　124
亀鳴く【かめなく】（春）
鳴きさうな顔をしてゐる亀のあり　103
吾が村は亀と田螺の鳴きくらべ　104
烏瓜の花【からすうりのはな】（夏）
畳み直しできぬ花なり烏瓜　81
榠樝の実【かりんのみ】（秋）
くわりんの実ゆがんだるまま青空に　25
翡翠【かわせみ】（夏）
翡翠は夏の秘密を知つてゐる　73
関西震災忌【かんさいしんさいき】（冬）
あたたかき一日となれ阪神忌　29
寒卵【かんたまご】（冬）
寒卵崩すに惜しき黄身の艶　134
桔梗【ききょう】（秋）
桔梗よたまには羽目を外したまへ　42
うたた寝や桔梗の花のかたはらに　82
菊【きく】（秋）
白菊に母を埋めてしまひけり　122
狐【きつね】（冬）
ふてくされ寝てゐる狐雨の穴　26
黍嵐【きびあらし】（秋）
自転車のよろよろ走る芋嵐　118

霧【きり】（秋）
朝霧の入り来る鬼の栖かな 86
霧の中吾が身離るる影法師 86
霧の中この世の方へ戻りけり 117
金魚【きんぎょ】（夏）
昼の酒金魚に相手してもらふ 112
水鶏【くいな】（夏）
今宵また水鶏の恋を聞かさるる 72
嚔【くさめ】（冬）
また次の嚔待ちゐる目鼻かな 89
蜘蛛【くも】（夏）
蜘蛛は巣を揺らして遊ぶ朝の雨 75
水母【くらげ】（夏）
退屈な水母浮いたり沈んだり 38
栗【くり】（秋）
丹波栗座禅の好きな和尚かな 61
鶏頭【けいとう】（秋）
大いなる脳となりけり鶏頭花 85
氷水【こおりみず】（夏）
宇治山の緑そのままかき氷 20
凩【こがらし】（冬）
凩の吹き散らしたる昴かな 92
穀象【こくぞう】（夏）
穀象は米投げ出して逃げて行く 72
炬燵【こたつ】（冬）
頭の上の眼鏡をさがす炬燵かな 129
小春【こはる】（冬）
蜷の子も小春日和を賜りぬ 26
小春日や金の喇叭を吹くごとく 62
振り返りつつ昏れてゆく小春かな 90
辛夷【こぶし】（春）
みちのくはまだ冷たいぞ花辛夷 52

## さ行

左義長【さぎちょう】（新年）
左義長や風にあらがひ飛ぶ火の粉 64

左義長や闇の向うの波の音　131
桜【さくら】（春）
青空の蔵王を囃す桜かな　53
夕ざくら家を忘れし猫たちと　53
石榴【ざくろ】（秋）
驚いて口を開けたる石榴かな　120
山茶花【さざんか】（冬）
山茶花やこちら窺ふ猫の顔　91
五月雨【さみだれ】（夏）
五月雨に房総半島浮びけり　109
針魚【さより】（春）
浮んでは何かささやく針魚かな　9
残雪【ざんせつ】（春）
あちこちに雪を残して川急ぐ　33
下萌【したもえ】（春）
下萌や犬をまた飼ひたいと言ふ　51
終戦記念日【しゅうせんきねんび】（秋）
終戦日蝿が一匹来てをりぬ　114

春愁【しゅんしゅう】（春）
春愁の翼重たき天使かな　34
菖蒲湯【しょうぶゆ】（夏）
孫たちを迎へ撃つべく菖蒲風呂　71
白鷺【しらさぎ】（夏）
白鷺は水の王宮守るごとし　75
新樹【しんじゅ】（夏）
老木も新樹となりて嬉しさよ　107
西瓜【すいか】（秋）
スーパーに草の匂ひの西瓜かな　116
叩かれて嫌になりたる西瓜かな　116
涼し【すずし】（夏）
魂を抜かれて涼し仏たち　18
涼しさや天空に浮く五大堂　57
納涼【すずみ】（夏）
月の山心に浮かべ夕涼み　40
ずわい蟹【ずわいがに】（冬）
松葉蟹前後左右へ歩きけり　128

雑煮【ぞうに】（新年）
房総は海苔の香りの雑煮かな　94
蚕豆【そらまめ】（夏）
そら豆や距離を保ちて莢の中　108

## た行

田植【たうえ】（夏）
比良に雪残したるまま田植かな　15
七夕【たなばた】（秋）
やうやくに夜の寛ぐ星の秋　115
田螺【たにし】（春）
鳴きながら眠つてしまふ田螺かな　69
吾が村の田螺の声を聴きに来よ　103
蒲公英【たんぽぽ】（春）
たんぽぽや子ども従へ犬が行く　11
千鳥【ちどり】（冬）
千鳥走る渚に光こぼしつつ　127
風の出て千鳥をさらふ夜更けかな　127
躑躅【つつじ】（春）
花虻の尻見えてをり花つつじ　36
燕【つばめ】（春）
燕来る聖母マリアの青空に　34
つばくらめ正義の顔をして来たり　102
梅雨【つゆ】（夏）
青梅雨の龍の棲みゐる硯かな　37
モノクロの梅雨をただよふ蝶ならん　38
天道虫【てんとうむし】（夏）
生涯を天道虫として過ごす　39
東大寺御身拭【とうだいじおみぬぐい】（秋）
大仏の魂を抜きお身拭ひ　22
冬眠【とうみん】（冬）
うらやまし蛇絡み合ひ眠るとは　93
蟷螂枯る【とうろうかる】（冬）
蟷螂の半分枯れてゐたりけり　91
年忘【としわすれ】（冬）
年忘れするを忘れてゐたりけり　129

団栗【どんぐり】（秋）
団栗を並べたやうに家族かな　120
蜻蛉【とんぼ】（秋）
みづからの影が気になる蜻蛉かな　23

## な行

夏草【なつくさ】（夏）
夏の草言葉を覆ふ言葉かな　81
夏の蝶【なつのちょう】（夏）
揚羽蝶少年の日を飛びまはる　74
夏の月【なつのつき】（夏）
こんにやくの大きな葉つぱ月涼し　19
木を割つて仏取り出す夏の月　37
夏の果【なつのはて】（夏）
雑草の強さたたへん夏終る　21
七種【ななくさ】（新年）
七草や父なきあとの塩加減　29
七草の薺を笑ふ鈴菜かな　131
海鼠【なまこ】（冬）
肩こりの辛さを知らぬ海鼠かな　47
時々は死んだふりする海鼠かな　96
縄飛【なわとび】（冬）
次々と大縄飛びに飛び込みぬ　125
西日【にしび】（夏）
町工場路地の奥まで大西日　113
町工場旋盤回る西日かな　114
入梅【にゅうばい】（夏）
草の葉を離れぬ蝶や梅雨に入る　17
白き蝶ばかり飛び交ふ梅雨に入る　109
寝正月【ねしょうがつ】（新年）
寝正月穴の中から返事して　94
凌霄の花【のうぜんのはな】（夏）
のうぜんの花まみれなり家一つ　42
野分【のわき】（秋）
草原を吹き疲れたる野分かな　59

## は行


蝿【はえ】（夏）
万緑や蝿が一匹飛んでゆく　15
萩【はぎ】（秋）
次々と風現はるる萩の寺　22
白木蓮【はくもくれん】（春）
はくれんへ抱き上ぐ兄も妹も　105
蓮見【はすみ】（夏）
蓮見舟蓮の王には近づけず　19
初商【はつあきない】（新年）
初売の茶箱へ並ぶ独り者　64
初景色【はつげしき】（新年）
初山河五七五の橇に乗り　130
初日【はつひ】（新年）
スカラベが転がして来た初日かな　130
花【はな】（春）
次々と子ども出てくる花の山　11
花浴びの亀の背中に亀のぼる　35
目を瞑り花浴びてゐるオットセイ　70
花筏【はないかだ】（春）
やうやくに杭を離るる花筏　35
花火【はなび】（秋）
最後には寝転んで見る花火かな　58
花吹雪【はなふぶき】（春）
空行くは役小角か花吹雪　12
花見【はなみ】（春）
父母の分も吉野の花見せん　12
おろおろと花を見に出づ弱法師　69
蛤【はまぐり】（春）
職退いて大蛤のごとき日々　67
春【はる】（春）
春白き湯気の中から金太郎　71
春惜しむ【はるおしむ】（春）
春惜しむ龍の頭の舟浮かべ　55
春の雨【はるのあめ】（春）

春の雨太平洋を濡らしをり　68
いろいろの命の穴に春の雨　101
春の川【はるのかわ】（春）
笑ひつつ先へ先へと春の川　33
春の月【はるのつき】（春）
大人にも秘密基地あり春の月　14
春疾風【はるはやて】（春）
春の嵐馬百頭の行くごとし　52
春待つ【はるまつ】（冬）
口開けて郵便ポスト春を待つ　48
釣糸を垂らして春を待つてゐる　96
ここにも一つ春を待つ穴のあり　135
ハンモック【はんもっく】（夏）
時々はハンモックから下りて来よ　80
蟇【ひきがえる】（夏）
牛蛙を訝しみをり蟇　76
日永【ひなが】（春）
永き日の時計の音の降り積もる　67
永き日の泥鰌も少し鳴きにけり　104
日向ぼこり【ひなたぼこり】（冬）
マンボウの片側づつの日向ぼこ　90
冷し酒【ひやしざけ】（夏）
冷し酒人の話も聞きたまへ　41
昼寝【ひるね】（夏）
昼寝より覚むればもとの金魚かな　39
風鈴【ふうりん】（夏）
風止んで南部風鈴思案中　78
瓢【ふくべ】（秋）
青ふくべ空にするまで一苦労　83
笑はれて愛されてゐる瓢かな　115
藤【ふじ】（春）
口開けて亀の見上ぐる藤の花　36
懐手【ふところで】（冬）
懐のあるがごとくに懐手　124
吹雪【ふぶき】（冬）
頭からぶつかつてくる吹雪かな　132

冬【ふゆ】（冬）
押入れの奥から冬がやつてくる　45
冬将軍自分も氷つてしまひけり　133
幾万の怒濤従へ冬将軍　133
冬怒濤この世の色を失へる　134
冬籠【ふゆごもり】（冬）
冬ごもり朝からオペラ聴きながら　46
冬芽【ふゆめ】（冬）
冬木の芽こちらを覗きゐる一つ　95
蛇穴に入る【へびあなにいる】（秋）
赤棟蛇大事な穴も水浸し　87
蛍【ほたる】（夏）
蛍に少しおくれて風うごく　16
時鳥【ほととぎす】（夏）
天空の城をたづねんほととぎす　107

**ま行**

蠛蠓【まくなぎ】（夏）
めまとひに愛されてゐる男かな　77
繭玉【まゆだま】（新年）
揺れながら繭玉しんと眠りけり　62
繭玉のうなづき合うて笑ひけり　63
水芭蕉【みずばしょう】（夏）
山々の雪より白し水芭蕉　56
木菟【みみずく】（冬）
木菟の目の奥雪の降り止まず　132
虫売【むしうり】（秋）
わが村は虫売りの里虫あまた　118
虫売りの籠積まれあり駅ホーム　119
名月【めいげつ】（秋）
次々と雲を追ひ抜きけふの月　60
名月や停電続く村の上　87
名月やまだ修繕の済まぬ屋根　117
鵙の贄【もずのにえ】（秋）
後ろ肢縺れたままの鵙の贄　88
ものの芽【もののめ】（春）

ものの芽のうるさいばかり山路行く 101
桃【もも】（秋）
水を出てまた白桃に戻りけり 83
桃の花【もものはな】（春）
桃の花夢の中から折りて帰る 105

## や行

柳【やなぎ】（春）
七輪の煙をかはす柳かな 13
南宋の詩人招かん柳かな 54
八幡放生会【やわたほうじょうえ】（秋）
放生の泥鰌永らふ日和かな 84
雪【ゆき】（冬）
雪となる何かを思ひ出しかける 28
雪降れば決めてゐるなり蕎麦 28
街の音ふと消えて雪降りはじむ 47
しみじみと雀ながむる雪の朝 48
雪女【ゆきおんな】（冬）
雪女勘三郎を連れ去りぬ 46
雪晴【ゆきばれ】（冬）
雪晴や機嫌上々伊吹山 30
行く春【ゆくはる】（春）
行く春を通天閣に惜しみけり 14
北上川遡り春行かんとす 54
百合【ゆり】（夏）
すぐに下向いてしまひぬ山の百合 80
夜長【よなが】（秋）
目の覚めてそれから先の夜長かな 43
黒猫の尻尾が欲しい夜長かな 60
母逝きて句を読み返す夜長かな 123
夜の秋【よるのあき】（夏）
ゴキブリも髭をそよりと夜の秋 21

## ら行

ラグビー【らぐびー】（冬）
雀蜂のごとくにラガー殺到す 125

落花【らっか】（春）
太陽をぐるぐる回る花の塵　70
立春【りっしゅん】（春）
風鐸を揺らして春の来てをりぬ　10

わ行

若鮎【わかあゆ】（春）
若鮎や抜きつ抜かれつ上りゆく　106
吾亦紅【われもこう】（秋）
はじめから枯れてゐるなり吾亦紅　85

著者略歴

平尾 福（ひらお・ふく）

一九五五年神戸市生れ
法務省において東京をはじめ大阪、沼津、千葉、大津、仙台、さいたまで勤務し、二〇一八年一月退職
二〇〇三年古志入会
古志同人
千葉県長生村在住

古志叢書第六十四篇

# 句集　百　福

初版発行日　二〇二一年七月一日
著　者　平尾　福
千葉県長生郡長生村信友二〇一九―二八
（〒二九九―四三三一）
定　価　一八〇〇円
発行者　永田　淳
発行所　青磁社
京都市北区上賀茂豊田町四〇―一
（〒六〇三―八〇四五）
電話　〇七五―七〇五―二八三八
振替　〇〇九四〇―二―一二四二二四
http://seijisya.com
装　幀　加藤恒彦
印刷・製本　創栄図書印刷

ISBN978-4-86198-500-3 C0092 ¥1800E